반란하는 빛

반란하는 빛

오세영 시집

문학동네

自序

나의 첫 시집 『반란하는 빛』에 수록된 전편과 두번째 시집 『가장 어두운 날 저녁에』에서 선한 것들을 모아 『반란하는 빛』이라는 제명으로 다시 펴낸다. 두번째 시집의 시들을 수록하게 된 것은 당시의 시집이 종렬 조판이어서 요즘처럼 횡렬로 조판할 경우 그 수록량이 한 권의 시집으로 묶어내기 어려운 까닭에 그리하였다.

『반란하는 빛』이 처음으로 햇빛을 본 것은 1970년 8월, 그러니까 만 27년 전의 일이다. 그때 나는 아직 이십대 후반의 미혼 청년이었고, 문학에의 열정에 불타던 문과 대학원 학생이었고, 갓 문단에 등단한 시인이었다. 오늘의 모습과 비교해 보면 참으로 금석지감을 느끼게 한다. 다만 그 시절의 문학적 순결과 열정이 그리울 따름이다.

그 동안 나의 시에는 많은 변화가 있어왔다. 처녀 시집의 세계와는 전혀 다른 방향이었는지도 모른다. 그런데도 젊은 비평가들(비평이 젊다는 뜻이 아니라 나이가 젊다는 뜻이다. 어찌 된 셈인지 우리 문단에는 나이가 든 비평가들의 활동이 없다)은 이 첫 시집의 세계에 더 매력을 느끼고 있는 모양이다. 그러나 나는 이 시집에 대하여 문학 수업중 거쳐야 할 하나의 과정 이상의 의미를 부여하고 싶지 않다. 이 기간에 모더니스트로서의 상상력과 언어감각을 충분히 습득할 수 있었기 때문이다. 아마도 『반란하는 빛』의 과정이 없었더라면 오늘의 나도 없었으리라.

포스트모던한 개념이든 우리 시단의 독특한 시류적 개념이든 나는 '무의미'한 시들을 혐오한다. 오히려 건강하고 철학적이고 감동적인 시들을 쓰고자 노력해왔다. 그러한 관점에서 나는 문제 시인이 되기보다는 좋은 시인이 되기를 바라는 사람일지도 모른다.

30여 년 가까이 나는 외롭게 시를 써왔다. 그 인간적인 것은 차치하고서라도 시류나 풍조 혹은 문단의 인맥에 담을 쌓고 홀로 나의 길을 걸어왔다. 오늘날까지 외로움은 실로 나의 문학적 스승이었다. 그러한 나의 시에 호감을 갖고 이 첫 시집을 재상재해주신 문학동네 여러분과 해설을 써주신 허혜정 씨에게 이 자리를 빌어 감사의 말씀을 드린다.

1997년 가을
오 세 영

차 례

제1부

불 1

타버린 정신들은 어디 갔는가.
가령 설원(雪原)에 버려진 장미꽃 하나,
혹은 알타이에 떨어지는 햇살,
바람과 소나기, 그리고 유월은
불탄다.

내 살 속에서 희미한 불빛들이
뛰어가고, 알콜이 출렁이는 바닷가에서
이십세기는 불을 지핀다. 물질이 흘린
피. 싸늘한,
실용(實用)의 새는 날 수 있을까,
어두운 내 얼굴을 날아서, 찬서리 내린 굴뚝과
기계들이 죽은 무덤을 넘어서
어제의 어제를 넘어서
달에 도달할 수 있을 것인가.

전선에 걸린 달, 인간의 숲속에서
전화가 울고 아흔아홉 마리의 이리가 운다.
저것 보라면서
불타는 서울의 술집들을 가리키면서

어디로 갈 것인가, 타버린 정신의 재
죽음, 혹은 창조의 불빛.

불 2

잊어버려, 잊어버려라고, 그가
속삭인다.
나는 누워서 눈을 감았다.

에테르로 풀리는 어둠을 붙들고
톱니, 저 관절에 낀 시간을 닦아낸다.
엔진에 타오르는 한잔의 불,

끝끝내 벨 것인가,
떨어져나간 팔과 다리, 내 심장에서
우는 벌레, 영혼의 살 한점,
결국 들춰낼 것인가,

나는 내려간다.
회랑의 층계를 돌아
스물아홉의 육(肉)의 밑바닥에
선박들이 침몰하고,

전주(全州)에서 본 여자가 메스를 들고
차갑게 웃고 있다.

염려 없다면서, 없다면서
빼앗는 내 눈의 불.

박제된 유년의 깊은 밑바닥에
알콜에 적신 내가 누워 있다.

불 3

불빛을 바라보면서 우리들은
달려나갔다.
전라도의 보리밭이 보이고, 황폐한 과거가
몇 개로 구획되었다.
먼 황인종의 마을에서 개가 짖고
칸델라의 불빛이 경험으로 풀려나가고
지나온 십구세기가 토막토막 잘려
자막(字幕)에 걸리고 있다.
렌즈를 열고 흰옷의 그가 나온다.
전라도 사투리로 판소리를 부르고,
돌아가신 어머니의 이름을 부르고, 끝끝내
심청이를 불렀다.
도무지 갈채를 모르는 사람들의 눈에서
불이 꺼지고, 헛간에 켜둔 램프가
의식을 태운다.
낡아가는 한 시대의 필름.
어리석은 사내에게 몸을 맡긴 계집은
밤새워 지나가는 트럭 소리를 듣고 졸린 눈의
수학(數學)을 보았다, 결국
벗을 것인가 이 흰옷, 정지된 자막에

걸린 채 나는 벌거숭이 몸을 하고
손에 박힌 못들을 하나씩 뽑았다.
흔들리는 전라도의 논둑길
그 불빛 속을 뛰었다.

불 4

정유공장 뒤뜰에서
트럭이 굴러나온다. 때는 가을이고
가을저녁의 연기이고, 등불이다.

마른 번개가 치는 공장의
뒤뜰에 장미가 피어 있다.
바람에 흔들리는 한줌의 불.

석유에 젖은 손으로 성냥을
긋는다. 축축이 젖은 정신이
비탈을 내려가고, 땅에 떨어진 불씨를
한 마리 새가 입에 물고,
전주(電柱)에 앉는다.

신의 마을에 전기가 들어오고,
인부가 서너 명 땀을 흘리며
장미를 가꾼다. 석유가 나올 것인가,

정유공장 뒤뜰에서 가을은
타오르는 인간의 불을 끈다.

불꺼지는 나다.

불 5

화약 냄새를 맡으며 새벽을
더듬는다. 발치엔 춘향뎐이 뒹굴고,
소리들이 뒹굴었다.

초사흘 달밤에 배가 한 척 밀려
온다, 성균관 뒤뜰을 도둑이 들고,
누구냐고 외치는 등뒤에서
싸늘한 칼이 번득였다.

그 칼. 판단의 힘, 어떻게
쓸 것인가, 횃불들이 소란하게 문을
두드린다.
끊어진 줄. 동양의 구슬들이
땅바닥에 쏟아진다.

쏟아진 하얀 피. 초사흘 달밤을
토해낸 기적(汽笛)이 흩어지고
희미한 포대의 불빛이 흩어지고,
화약 냄새를 맡으면서 나는
셔먼 호*의 굴뚝을 향해 총을

겨눴다.

* 셔먼 호 : 고종 3년 대동강을 침범한 미국 상선. 신미양요의 원인이 되었다.

불 6

겨울에는 아궁이에 불을
지폈다. 얼어붙은 성(性)을 호호 불며
잠든 시간의 뿌리를 태웠다.

까만 눈이 내리는 저탄장(貯炭場)에서 열차가
빠져나가고, 발 없는 말들이
눈길을 걷는다. 도시의 창틈으로
경험들이 웃고 있다.

치유될 것인가, 이 아픔
저 독(毒)의 입맞춤, 외로운 사내는
밤새 골목길을 돌아다녔다.
눈이 내리고,

정신의 깊이까지 찔리는 바늘.
언 성(性)을 호호 불면서, 라이터를 켜들고
층계를 하나씩 뛰어내린다.
의사(醫師), 저 이성의 손톱.

빈 도시에 열차가 들어오고, 나는

대합실을 빠져나왔다.

반란

앙상한 눈들이 내린다.
헌 외투의 승려가 지나가고
식어버린 어휘들이 굴러다닌다.
현상의 미끄런 빙판 위로
여윈 발들이 달린다.
내벽(內壁)엔 겨울 신앙이
못 박힌다.
로마인이 서너 명 해머를 들고
얼어붙은 시간을 깨고 있다.
사납게 외치면서 미래가
들창을 들여다보고 있을 때
갈릴리 내해(內海)에 잠드는 바람
갈릴리 내해에 눈은 내리고,
침울한 내장에 세계는 갈앉고,
차고 매운 발자국들이 수런대면서
황폐한 의식 위로 몰려간다.
모든 것은 닫히고 나는 서 있고
아득한 곳에서 기계가 울고 있다.
나는 꿈꾼다.
떨리는 귀에 들려오는 복음을,

깨어진 공간 위에 식어내린 햇빛을,
엷은 꿈들 위에 눈은 내리고
나는 소리치면서
어리석은 신앙으로 얼고 있다.

제2부

음악회

앙상한 생각들이 바람에 떤다.
묵은 시간의 잎사귀가 발 밑에 쌓이고,
죽어간 폭양(曝陽)의 빈 거리에서
나마저 들것에 실려나가고,
대낮을 사납게 헐뜯는 열 개의 손,
저 집념의 끌. 부서져내리는
눈발 속에 눈 드는 이마.
나는 들것에 실려·
회상의 먼 부듯가에 잠든다.
잠든 파도의 주름살 너머
여윈 시간들이 헐떡인다.
긴 항해의 짧은 일몰을,
바라보는 눈동자엔 눈물을,
축축이 젖어드는 체험의 지평선에서
이웃고 불붙는 파도여 달려오라.

산책

낮고 좁은 통화(通話)의 복도를
걷는다. 문들은 닫혀 있고
길은 섬세하게 흔들리고 있다.

은화(銀貨)처럼 생각들이 굴러간다.
바람이 거울을 일그러뜨리고,
적막한 얼굴들이 뛰어나온다.
낯선 단어들이 소스라친다.

문을 닫으면 거기 현재는 없다.
싸늘하게 식은 안경, 저 노여운 대면(對面).
시선들은 떨어져 뒹굴고
관련(關聯)의 한가닥 전류가 꽂힌다.

꽂힌다 정(情)의 떨리는 초침.
꽂힌다. 심상(心像)을 나는 빛,
어두운 바람들은 사그라지고
불빛은 조용히 침범한다.

길은 섬세하게 흔들리고 사물들은

헝클어지고 인식의,
차가운 가리킴, 너다.
적막한 얼굴 위에 흐르는 피.

날개

내가 쏘아올린 화살은 어느 때
새를 맞춘다.

타버린 의식체(意識體)가 되어 언덕 너머
떨어지는 낙과(落果),
번득이는 비늘로 휩싸이는 의문들.

문을 밀치면 거기 놓인 십자가에
문득 와서 꽂히는 화살, 온 밤을 피가 흐르고
경험의 뜨락에 져버린 잎새들이
앙상한 그림자로 창가를 드리울 때,
한 마리 새가
문법의 가지를 차고 오른다.
난다. 파열하는 꽃잎 속을, 시간의
폭동 속을,
아아, 뜨거운 수소이온, 그 부력.

날카로운 바람을 몰고, 한 소절의 아침을 건너
햇살이 파도치는 바다에서
인력을 끊고 솟아오른 한 개의 램프.

드디어 타버린 육체의 아픔 위에
부리로 대낮을 깨면
내가 쏘아올린 화살은 어느 때
내 가슴에 와 꽂힌다. 아아,
빛을 털고 일어서는 한 마리의 새.

풍금

창가에 그늘이 부딪힌다.
부서져 흰빛이 쌓이고 빗살처럼
가슴에 꽂히는 화살.

어둔 문들을 밀치면서, 어느
시선들이 바람 불고 내부에
무성하게 타오르는 불. 보라,
목쉰 터널을 빠져나온 모음(母音)들.

어지러운 잠, 쓰러진 시간들이
깨어 일어나 한 마리 야수로 숲속을
방황할 때, 햇빛은 거울 속에서
꽃잎을 벗다.

밑에서 잔잔히 빛나던 저녁 위에
한 시대의 피곤한 발들이 건반을
밟고, 그 멜로디에
가늘게 떨며 떨어지는 잎.

치아에 물린 능금을, 한 옥타브

아래로 굴러떨어지는 씨앗,
잠든 뿌리 위에 빛 속의 고요로 넘치면서,

풍금을 앞에 둔, 한 여인과 그 새하얀
옷깃에 떨며 아침은, 거울보다 찬
겨울을 눈뜨고 있다.

꽃

찰랑거리는 기슭에 가을이
센 머리칼을 적실 때 황혼은
난간 위에 등불을 켜다.

멀고 먼 일식(日蝕)의 만을 향해
올려지는 돛, 밀물에 설레면서
무거운 닻줄이 들리고

하얗게 흔들리는 바람 속을 밤은
새도록 나래를 치다.
날개 위에서 거울에 비친 한 여인의
드러낸 살결 위로 흘러내리던 하늘.

햇살로 음정을 짚으면
등불 위에서 파열하는 꽃, 눈부신
한 악장, 그 물결 너머 꽃잎이
소나기로 허물어져내릴 때,

시간은 암초 위에 부서지다.
모래톱 위에, 앙상한 생명체의

픽션,

마른 가지에 마지막 잎이 걸리고
눈물같이 빛나던 저녁을 닫고
서서 목숨은,
어둔 파도를 오르고 있다.

새벽

마루에 떨어진 채 금화(金貨)는
빛나고 가볍게 고요가
음반 위에 쉴 때,

우랄 알타이 모음이 잠든
베갯머리에서
담 너머로 쏟아지는 햇살을 그리다가
꽃이여,

찰랑거리는 시간의 델타 위에
너는 묻히고, 만가(挽歌)를 부르는 새벽,
모이를 줍고 있던 밤새들의 낮고
깊은 목소리.

문을 밀치면 투명한
방으로 걸어오던 초상화.
고요의 좁은 출구를 지나서
꽃피듯 옷을 벗는다.

실내에서 나래치는 나비떼

선반에 얹어둔 햇빛을 털고,
무겁게 누운 저 평원을
깔고 앉아, 빛을 길어올리는
동아줄을 붙잡고 새벽은,

잿더미 위의 앙상한 하늘을
밀어젖힌다.

밤하늘

푸르게 흘러내린
하늘이
향 좋은 밀랍으로 고일 때,

등나무를 타고 오르던 시간 위의
밤에 지던 꽃잎들.
거기 부서지던 별빛의 무게
반짝이는 저 사랑의 금속성.

문법의 가지에서 인력을
벗으면서 나는 새.
낙엽을 딛고 어휘를 따 모으던
원정(園丁)은, 황혼을 어깨에 진 채
은하 건너 멀리 떠났다.

창백한 날들이 얼굴을 묻으며
머리칼을 쓰다듬던 거울 앞에서
검은 드레스를 끌고 가는
여인의 뒷모습, 창가에 속삭이는
저 고요의 뒷모습.

밟히는 옷깃에 흐르는 바람은
빛보다 푸른 불빛을 흐트러놓으면서
램프와 흔들리는 이마 위에

밀물처럼 뜨거운 목숨을 밀어
올린다.

포구의 닻줄

여름은 폭우를 몰고, 깊은 강물에
빠진 아침을 끌어올린다.

철철 흐르는 말을 거슬러온 물고기.
등불을 들고, 낮은 음계를 오르면
모음과 자음으로 짜올린 투망.

의식이 하나씩 꺼져가는 달빛 푸른
포구의 닻줄에 매여
잠이 흔들리는 언덕으로 몰려드는 저 밀물의,
푸른 이마, 별빛도 하나씩 떨어져
황혼처럼 넘쳐나고,
잠든 신의 머리칼을 바람이 달려들어
하얗게 씻어내릴 때
녹음은 숲속에서 꿈틀거렸다.
보라, 풀밭에 기어가는 몇 줄의
시간. 발등을 물고 쫓아오는 뱀을,

내가 맨발을 엷은 꿈에 딛고
안개와 불빛 속에 옷을 벗고 있을 때

말하라, 사랑이 은유를 타고 왔던가.

지금 내가 던진 투망, 회의에 번득이는
피를 쏟으며
거울 위에 꺾인 꽃과 파도.

여름은 대낮보다 밝은 강을 건너서
뜨겁게 어둠을 열고 있다.

제3부

투망(投網)

나는 어느 때 투망을 한다.
쾌락의 깊이로 떨어지는 새.

흐르는 숲들이 잠들고
들끓는 밤바다, 별들이 찰랑대는
어두운 가슴에도 불이 꺼질 때

내가 인력(引力)의 줄을 붙들고
숙명처럼 조용히 투망을 하면
목숨의 기슭에서 깨지는 파도.

나는 밤마다 질문을 던진다.
영상의 그늘 위를 나는 새.

아시아

그가 문밖에서
소리친다.
사납게 개가 짖는다.

음산한 십이월의 밤을 붙들고
그가 깊게 소리치고 있다.
노후한 아시아의 빗장이 들먹거리고,

빗장이 들먹거리고 엷은 불이 찢어지고
맨발로 어머니가 뛰어나간다.
황량한 자유의 뜰이 보인다.
아시아의 뜰을 해병대가 달린다.
한 사내의 깊고 음침한 오열,
합중국의 해병대가 달린다.

살려줘요 나는 닷새를 굶주리고
밤낮을 뛰어왔어요,
셰퍼드가 한 마리 사납게 짖는다.

셰퍼드가 문밖에서 행운을 물어

뜯는다. 쫓기는 친구의 발과,
차고 여윈 문명의 이마.

그가 문밖에서 사납게
소리를 지르고 있다.

시인들

우리들에게 주어진 몇 가지
사실들이 있다.
계집에 성실하고 돈을 벌어들이고,
눈에 보이지 않는 아름다움에 탐닉한다.

내 몸에 섞이는 이 계집의 피를 위하여
굶주린 어린것을 위하여

불면을 지키는 의식마저
후욱 불어 끄고,

공화국의 조간 위에 쓰레기로 뒹군다.
광장을 더럽히는 이 정신들이 버린 휴지들.
성명서와 깡통과 흩어진 수사법들 글쎄,
신문팔이가 자유를 팔면서 달려간다 이놈, 이 더러운 놈.

사실을 바라보는 눈이 어찌하여 이다지도
떳떳지 못한가, 물질과 나를 바라보는
눈이여,

보이지 않는 곳에서 보이는 이 외로움
혹은 정신들에 대하여 말하라,

살이 찌고 분별없이 지껄이고,
상업에 몰두하는 사나이들,
아주 헐값이라고 투덜대면서
팔려간 이 시대에 침을 뱉는다.

내 시선이 닿지 않는 곳에서
믿음은 친구를 부를 수 있을 것인가.
허나 기다리고 배신하듯,
시대는 결국 계집을 버릴 것이다.
어리석은 사랑도 잠들 것이다.

고스톱

지나치고 만난다.
견제와 저 끈질긴 추구.

푸른 불이 켜지고, 노후한 기계들이
기침을 하고, 벌판 끝에서
외로운 짐승들이 흐느낀다.

선행하는 시간을 비껴서, 생각하는
몇 세대의 인물들을 지나친다.
가령 이상을 추구하면서
세영이놈, 더러운 놈이라고 꾸짖으면서,

돌아오는 그의 피곤한 어깨가 보이고
그의 쓸쓸한 행복도 보인다.
아스팔트를 다지는 문명인의 힘
현실이 깔리고 욕망이 묻힌다.

그는 돌아오고, 나는 떠난다.
빈 포켓과 몇 개의 수확과,
어지러운 한 시대의 꿈,

텅 빈 도시에서 짐승들이
외롭게 흐느끼고 있다.

도둑

외로운 바닷가에서 사랑은 버려진다.
음침한 시간을 밟고 내게 다가오는 것,
저 두려움에 떠는 자유 혹은 떨리는 손이
내게 가져오는 것은 무엇인가.

결국 돌이키지 않을 것인가.
희고 여윈 사랑의 얼굴, 눈에 선한
욕망의 날개, 조용한 폭동 속을 날아서
너는 왔다.

보이지 않는 원인들이 소리쳐 불러도
너는 망설이지 않는다.
시퍼렇게 죽은 달빛을 넘고, 벌판 끝에서
벌판에서 죽은 전설을 넘어, 오직 깜깜한
이 밤을 위하여

너의 왼손에 번뜩이는 살의,
땀에 젖은 길이 다하고 서투른 진리가 보일 때
범인은 침입한다.

불면의 저 새파랗게 죽어가는 힘.
열린 시각의 두 문을 지나 피를 쏟는
사건을 바라보면서, 너는 그러나
가장 올바르게 죄를 훔친다.

자동차

근심하는 얼굴들을 보아라.
저 찌푸린 날씨, 흐린 대면(對面)이 오고
오해가 막아선다.

비켜라, 비켜 매달리는 처자를
떼어놓고, 나는
새벽 한시를 건넜다.
목적이 죽고, 싸늘한 외침이 죽고, 참다운
사랑은 방법에서 이해된다.

진리보다 어두운 한낮에
비가 나리고
달아난 몇 개의 산문 속에서
생각을 빠져나온 기계들이 운다.

저 고뇌를 껴안는 기계의 머리,
그는 복종하고, 밤새워 지켜본 불면이 돌아서서
외롭다 외롭다고 흐느낀다.

사랑의 부담, 혹은 시대의 몇 개

흔적들을 지우면서 절망은
어느 플래카드 밑에 스톱했는가,
가장 단순한 방법으로 나는 하나씩
부정을 제거해갔다.

중계방송

떨어지고 있다.
한마디의 외침과 찢어진 날개,
퍼덕이는 우리들의 시간이 떨어지고,
동란중에 경험한 폭탄이 떨어진다.

울부짖는 꽃잎 사이로
끌려간 말들이 무참히 죽는다.
꽃잎들이 우수수 진다.

정신을 나는 구름이 보이고,
깊은 살 속을 강이 흐른다.
어두운 강, 흔들리는 의미의 외연에서
은비늘 번득임은 사랑인가,

밤마다 과거가 묻힌 들녘엔
차가운 별빛이 내리고, 여윈 암캐가
'아',라고 외친다.
돌이킬 수 없는 도시에서의 투병.

불구의 날개. 보편 위에 퍼덕이는

인식의 날개, 날개,
떨어지고 있는 것은 꽃잎인가.

극장에서

무엇인가, 적막한 두 개의 눈동자를 빠져나간
이 참담한 인식의 한때,
우리들의 사랑도 망설이지 않는다.

생각의 눅눅한 수렁을 건너서,
부러진 새벽 한시를 지나서
내항(內港)의 불이 꺼진다. 음산한 시간이
뒤집힌다.

땀에 젖은 물질이 보이고 진실이 만져진다.
비겁한 자유가 숲을 이루는 기나긴
이십세기의 밤,
떨리는 손과 붙들린 말들,

폭발하는 박수 속에 십이월
그믐의 달이 찢긴다.
십이월 그믐에 경험한 자유의 그림자.

찢어진 달빛 속을 도둑이 뛴다.
진실의 보드라운 살결이 잡힌다.

사건이 죽고, 행위가 죽고
쫓기는 피의자의 아픔이 죽는다.

적막한 두 개의 눈동자를 빠져나와서
보라, 이 겨울, 폭발하는 박수 속을
도둑이 뛰고 있다.
십이월 그믐에 경험한 자유의 그림자.

저녁 식탁

드디어 물고기는
도마 위에 올려진다. 어찌하여
너는 주저하는가,

드러내는 흰 살 위에 잠든 욕정,
장미는 장미나무 끝에서 시들고
파도는 야만을 달래고 있다.

문을 열고 떨리는 손으로 촛불을 켜면
은쟁반에 흐르는 포도주와 피.
한 그릇의 불빛과 김치는 글쎄
우리에게 힘을 줄 수 있을까

적막한 언어의 얼굴 위에서 눈동자는 빛난다.

나로 하여 가엽게 여기는 것들,
서구인의 한 센텐스 자유와 인민의 빵과
망설임. 저 보이지 않는 칼,
죽어간 환경 위에서도 법은 그물을 치고
추상처럼 쓸쓸히 그들은 누워 있다.

어찌하여 너는 주저하는가
쳐라, 배신의 싸늘한 목덜미가 보일 때
쳐라, 식탁 위에 떨어지는 요한의 머리,
동양의 탁월한 식견 위에서 고려인의 깊은 눈빛 속에서
그러나 계집은 신앙을 잠재운다.

모두가 모순의 끈을 풀고 내의를 벗을 때
회의는 다만 한 그릇 수프를 위하여
이 밤을 땀에 젖고,
우리들의 식욕은 장미나무 그늘 아래서
독한 알콜로 꿈틀거린다.

제4 부

가을 1

가을 2

가을 3

가을 4

소등(消燈)

열차

바람이여

가을 1

—유리에게

무엇일까,
확고한 땅 위의, 몰려오는 추위처럼
잃어가는 그것은 무엇일까.
동상(銅像)의 어깨 너머 눈은 나리고
얼어붙은 섹스 위로 뒹구는 낙엽,
붙들린 도시, 뿌리치는 열차,
외투 속의 짐승들은
포켓에 식욕을 쑤셔서 집어넣고
길고도 멈추지 않는 희디흰 겨울,
여명처럼 빛나는 어휘들을
기침한다.
싸늘히 굴러가는 노트 위의 펜끝
흔들리는 불빛.
이유는 묻지 말아요, 글쎄
소녀는 커튼을 내리면서
쓸쓸히 머리칼을 쓸어넘긴다.
눈동자에 잔잔히 깔리는 어둠.
눈은 나리고, 시간은 식탁에
졸고 있을 때
난로에 활활 타는 그것은 무엇일까,

글쎄 무엇일까, 사랑한다는 것은.

가을 2

우리 모두
시월의 능금이 되게 하소서.
사과알에 찰찰 넘치는 햇살이
그 햇살로 출렁대는 아아, 남국의 바람.
어머니 입김 같은 바람이게 하옵소서,
여름내 근면했던 원정(園丁)은
빈 가슴에 낙엽을 받으면서, 짐을 꾸리고
우리의 가련한 소망이 능금처럼
익어갈 때,
겨울은 숲속에서 꿈을 헐벗고 있습니다.
어둡고 긴 밤을 위하여
어머니는 자장가를 배우고
우리들은 영혼의 복도에서 등불을 켜드는 시간,
싱그런 한 알의 능금을 깨물면
한 모금, 투명한 진리가, 아아,
목숨을 적시는 은총의 가을.
시월에는 우리 모두
능금이 되게 하소서.
능금알에 찰찰 넘치는
햇살이 되게 하소서.

가을 3

그때 루빈슈타인이 연주하던
소나타를 듣고 있었지.
시간은 무성한 숲속을 빠져나가고
슈타른베르크의 호상(湖上)을 소나기가 두들길 때
피곤한 신앙은 식탁 위에서, 그리고 불빛은
창 너머로 흩날리고 있었지.
청동시계 위에 파닥이던 흰나비를
빈 꽃병이 쫓고 있을 때,
재떨이에 체온을 털고 우리는
일어섰지.
아아, 거기엔 아름다운 부재가,
한잔의 글라스엔 찰찰 넘치는 욕망이
그리고 분홍빛 미움으로 입술을 적시며,
빠삐용의 축제를 향해 떠나는
마지막의 기적을 듣고 있었지.
그때 당신 돌아와 에이프런을 걸치고
빈잔에 포도주를 따르고 있었지.

가을 4

가을은 안개 낀 보도의
창 너머 있다.
잠든 이웃들을 잠들게 하고
깨어난 자의 뒷덜미를 끌고 가는
어두운 손.
미로의 창틈마다 스며드는
햇살을 거두며 가을이
녹슨 수레바퀴를 굴릴 때
가을 황혼 황야에서 문득 마주치는 나의 그림자.
가을은 먼 항해에서 돌아온 선원의,
파이프 연기 속을 빠져나온다.
안개 낀 보도의 들창을 노크하고
여윈 등불 가에 퍼덕이는 영혼의 날개.
내가 가을 황혼 황야에 서서
낯선 내 그림자를 기다릴 때
먼 기억의 녹슨 수레는 온다.
내 눈에도 아득히 불은 꺼진다.

소등(消燈)

흰 꽃들이 떤다.
바람이 차갑게 뒹굴고
그는 담배를 핀다.
기억의 밑바닥을 여윈 손이 와 닿고,
희게 넘치는 부둣가에서
체험의 닻은 풀리고
시선들이 하얗게 죽어가는 창가에 앉아
그는 담배를 핀다.
스피노자의 안경을 낀 채
소멸의 한줄기 부서지는 별,
싸늘한 거리에서 고전(古典)들이 기웃거리고
흰 꽃이 가늘게 떤다.
기계들이 울면서 지나가고
그는 더운 기침을 뱉는다.
창백한 얼굴 위에 엉겨붙는 땀,
경멸의 흐느끼는 파도 위에
체험의 닻은 풀리고,
풀리는 구심으로 꽃들이 흔들리고
스피노자의 안경을 낀 채 그는
끝없이 나사를 조이고 있다.

기계들을 빠져나와
흐린 바람이 쌀쌀히 뒹군다.
사랑처럼 깊이 잠든 기억의 밑바닥을
여윈 손이 와 닿을 때,
떨리는 흰 꽃들은 불이 꺼지고,
밤이 희게 넘치는 부둣가에서
그는 하염없이 담배를 피운다.

열차

이웃들의 넓고 좁은 어깨를 비끼면서,
달려드는 눈보라도 헤치면서
떠나가고 있었다. 이 겨울,
저 욕망의 어둔 이마들.

불이 꺼진 역두에 눈이 내리고 사랑이 조용히
눈을 들고 있을 때,

이마에 넘치는 반란의 머리칼,
나는 굶주린 표범, 빈 가방을 들고
달빛 푸른 기슭을 헤매고 있다.

떠나가라. 흐느끼는 폭풍, 싱싱한 입맞춤은 두고
밤새도록 타버린 바람의 오열.
떠나가라, 어둡고 끈질긴 세계, 비에 씻기는 더러운
저 꽃과 욕망만은 두고

동족에 붙들리면서, 내가 흔들리는 갈대를
꺾고 있을 때 친구여,
회상의 차가운 달빛은 네 목을 껴안고

밤새도록 울었다.

바람이여

뜨거운 바람이여, 지금은 차고
강한 시간을 붙들고,
쓰러진 오월과 열애의 숲 사이를 뒹구는
체온이 되어

노여운 봄날 위에 풀리는 속박. 그리고, 오오,
길고 먼 인식의 눈 내리는 길목에서 내
황망히 채찍을 들 때,
몇 개의 모반과 꿈틀대는 파도.

물결 위에 흩어지는 피. 저
말라붙은 고전(古典)의 달빛 속을 흐린
겨울이 낮게 흘러가고

난폭한 의미에 시든 문체를, 나의 시는
쓸쓸히 저어가고 있다. 출렁이는 등불 속 그
침몰을, ……보라 신의 어깨 너머로
빛나는 노을.

폭력의 어둔 가슴에도 불은 꺼지고 찢어진

내의 속에 잠든 세계를, 그 빛나는 허무를
나는 거칠게 뛰어들었다.
언어가 부서지는 해안엔 달빛만이
출렁이고,

나는 사나운 폭풍, 기침하면서
고전(古典)의 여윈 거리를 헤매고 있다.

제5부

보석
밤비
눈물
모순의 흙
새
돌
한 알의 밀알
이슬
술
사랑
모래
여윈 손
빈 공간
질그릇
후회
등산
바다

보석

화석(化石) 속엔 한 마리
새가 난다.
결코 지상으로 내려오지 않는 새.

내가 흘린 눈물도
쥐라기 지층 어느 하늘 아래
하나의 보석으로 반짝거릴까.
가령 죽음이라든가,
죽음 앞에서 초롱초롱 빛나던 눈.

스스로 불에 타서 소멸을 선택하는
지상의 별들이여,
묻혀라. 화석에,
영원히 죽는 것은 이미
죽음이 아니다.

밤비

밤에
홀로 듣는 빗소리.

비는 깨어 있는 자에게만
비가 된다.

잠든 흙 속에서
라일락이 깨어나듯
한 사내의 두 뺨이 비에 적실 때
비로소 눈뜨는 영혼.

외로운 등불
밝히는 밤,
소리없이 몇천 년 흐르는 강물.

눈물은
뜨거운 가슴속에서만
사랑이 된다.

눈물

며칠째
눈물을 흘리고 있다.
가슴에 내리는 눈물 아니라
우산에 스미는 빗물같이,
부끄러운 뺨을 때리며
봄을 재촉하는 바람은
안구(眼球) 가득히 황사(黃砂)를 날린다.
안질 때문이라고
주치의는 설명했지만,
나는 안다.
사랑이 모이고 모여서
춘향의 눈물이 되듯,
미움이 모이고 모이면
안질이 되는 것을
흐려지는 사물에
젖은 소금기만 남기며
며칠째 흘리는 나의 눈물,
나의 진실,
그리고 나의 허무.

모순의 흙

흙이 되기 위하여
흙으로 빚어진 그릇,
언제인가 접시는
깨진다.

생애의 영광을 잔치하는
순간에
바싹
깨지는 그릇,
인간은 한번
죽는다.

물로 반죽되고 불에 그을려서
비로소 살아 있는 흙,
누구나 인간은
한번쯤 물에 젖고
불에 탄다.

하나의 접시가 되리라.
깨어져서 완성되는

저 절대의 파멸이 있다면,

흙이 되기 위하여
흙으로 빚어진
모순의 그릇.

새

나무를 심는다.
꿈꾸는 한 마리 새를
붙들기 위하여
피곤한 하늘이 내려와
땅에 적시는 사월,
새는
비 내리는 지평을
울며 난다.

사람은 누구나 생애의 한번은
새를 날린다.
나의 가지 위에 날아와
문득 의미가 되는
너의 새.

돌

바닷가
수많은 자갈들 중에서
불쑥 내게 던져지는 돌,
돌은
팔매질로 날아올 때 비로소
돌이 된다.

싸늘히 식은 하나의 의미가
불타기 위해
한 남자의 두 손이 여자의 바다를
적시듯
가슴에 깊이 와서 박히는 돌,

돌은 눈먼 사랑을 깨우는
증오를 배울 때, 비로소
돌이 된다.
돌이여, 내 가슴을.

한 알의 밀알

한 알의 밀알이 썩으면
석탄이 될까,
석탄은
겨울보다 더 깊은 망각 속에서
병을 앓는다.
겨울보다 더 춥게
가슴에 치미는 불,
한 알의 씨앗이 썩어서
이듬해, 라일락 뿌리가 되지 않거든
술이 되거라.
마른 나무에 뿌려지는 석유처럼
마른 가슴을 적시는 술,
한 개비 성냥 위에 붙는 불이 아니라
쥐라기 지층에서 타오르는 불.

이슬

이슬 속으로
한 사내가 사라져갔다.
이슬 속에
한 사내가 켜든 세계의 불빛.

이슬 속으로
한 여자가 사라져갔다.
이슬 속에
떨리는 한 방울의 눈물.

이슬 속으로
시간이 사라져갔다.
이슬 속에
흙이 묻은 하나의 이름.

풀잎에 맺힌
이 싸늘한 그리움,
불러도 불러도 못다한
흙이 묻은 이승의 그리움.

술

술이여,
싸늘한 유리컵에 담긴
한 사내의 증오를 위하여
불타지 마라.
마른 입술과 혀에
뿌리는 감로(甘露).
한잔의 술을 위하여
등불은 명정(酩酊)의 뜰을 밝히고
흔들리는 그림자, 의미의 외연에서
저미는 야만의 고기.
술이여,
술보다 더 깊은 망각을 위해
마시는 술이여.

사랑

잠들지 못하는 건
파도다. 부서지며 한가지로
키워내는 외로움,
잠들지 못하는 건
바람이다. 꺼지면서 한가지로
타오르는 빛,
잠들지 못하는 건
별이다. 빛나면서 한가지로
지켜가는 어두움,
잠들지 못하는 건
사랑이다. 끝끝내 목숨을
거부하는 칼.

모래

결국은 한 알의
모래가 된다.

파멸이, 저 존재의 중심에서
깨어진 접시가
이루는 완성.

결국은 한 알의
결정이 된다.

깨어지고 깨어져서
이겨내는 외로움,
그는 시방
바닷가에 서 있다.

들려오는 건
허무의 바람 소리와
애증의 기슭에서 부서지는 파도 소리.

가장 밝은 지상에서 뒹구는

결국은 한 알의
모래가 된다.

해조음(海潮音)이 된다.

여윈 손

내가 잠든 뒤에도
빨래는
어둠을 지킨다.

늘어진 운명의 줄을
붙잡는 여윈 손.

그는 스스로
절대의 허무 앞에 던져지기 위하여
체온을 버린다.

밤의 적막은
바람들의 세상이지만
깨어 있는 우주의 창밖에서

빨래는
어둠의 공간에
하나의 밧줄을 던진다.

스스로 육신을 포기하는 자의

저 완벽한 연기(演技).

빈 공간

—K형에게

만년필,
튜브에 가득히
잉크를 채운다.

너라고 부르면 꽃이 되고
또,
너라고 부르면
별이 되는
한 줄의 시를 쓰기 위하여
채워도 채워도
남겨진 공간.

사람은 누구나
그 공간 위에 산다.
빈 공간 위에
애증의 삼각형을 그리고

빈 공간 위에
두 점을 찍는다.

관념과 사물의 틈 사이를
메우는 잉크는 없을까.
빈 가지를 울리는 바람 소리와
귓가에서 속삭이는 허무의 소리를
지우는 잉크.

채워도 채워도 남는
튜브 속의 공간,
사람은 누구나
빈 공간 위에 산다.

질그릇

질그릇 하나 부서지고 있다.
질그릇의 밑바닥에 잠긴 바다가
조용히 부서지고 있다.
스스로 부서져 흙이 되는
저 흔들리는 바다.
질그릇에 담긴 생선의 뼈.
질그릇에 담긴 폭풍,
질그릇에 담긴 공간,
그 공간 하나 스스로 부서지고 있다.

후회

능금이
그 스스로의 무게로 떨어지는
가을은 황홀하다.
매달리지 않고
왜 미련 없이 떠나가는가.
태양이
그 스스로의 무게로 떨어지는
황혼은 아름답다.
식지 않고
왜 바다 속으로 잠기는가.
지상에 떨어져
꺼지지 않고 잠드는
불꽃이여,
우리도 능금처럼 태양처럼
스스로 떠날 수는 없는 것인가.
가장 찬란하게 잠드는 별빛처럼
잊을 수는 없는 것인가.
버릴 수는 없는 것인가.

등산

자일을 타고 오른다.
흔들리는 생애의 중량
확고한
가장 철저한 믿음도
한때는 흔들린다.

암벽을 더듬는다.
빛을 찾아서 조금씩 움직인다.
결코 쉬지 않는
무명(無明)의 벌레처럼 무명을
더듬는다.

함부로 올려다보지 않는다.
함부로 내려다보지도 않는다.
벼랑에 뜨는 별이나,
피는 꽃이나,
이슬이나
세상의 모든 것은 내 것이 아니다.
다만 가까이 할 수 있을 뿐이다.

조심스럽게 암벽을 더듬으며
가까이 접근한다.
행복이라든가 불행 같은 것은
생각지 않는다.
발 붙일 곳을 찾고 풀포기에 매달리면서
다만,
가까이,
가까이 갈 뿐이다.

바다

바다는 싱싱하다.
너를 위해서
도마 위에 빛나는 칼,
한 점의 고기와 한 잔의 술과
동해에서 부서진 꿈이
만찬을 준비할 때
갈매기는 여름을 걷고 있다.

포개진 두 개의 신발 위에
버려진 엽서,
혹은 동전 한 닢,

한 여인의 어지러운 과거를 듣는다.

제6부

밤 10시
— 딸에게

아내가 약을 파는
밤 10시,
나는 시를 쓴다.
바닷가로 떠나는
밤열차의 기적 같은 슬픔이
하이얀 원고지를 적시고
구겨진 팡세, 아빠의 시집을 든 채
하린이는 쌔근쌔근 잠이 들었다.
흰 물새를 타고
너의 바다로 떠난 어린 딸아,
물새가 날지 않는 어느 날
너는 알게 되리라.
젊은 아빠의 번민을,
안개 낀 밤의 불면을,
밤 10시
안정제를 권유하는
아내의 피곤한 목소리를 들으며
시를 쓴다.
먼 파도 소리를 듣는다.

난을 기르며

난을 기르며
한겨울 난다.

밖에는 여인의 원한 같은
서릿발이 치고
사는 것이 서럽다고 서럽다고
눈보라 에우는데,
병든 지어미의 머리맡을
다소곳이 지키는 한 포기의
난,
난은
겨울을 먹고 사는 꽃이다.

꽃을 꺾기 위하여
사랑하는 사람들은
난을 기를 일이다.

여윈 암노루
사향 찾아 떠나간 빈 골을
싸늘한 향기로 피어나는

꽃,

난을 기르며 보낸 한 철은
서러운 듯 서러운 듯
아름다워라.

꿈꾸는 병(病)

소녀는 질병을 앓았다.
기울어진 햇빛 속에서
아프리카를 생각하고 있었다.
뜨거운 열사의 지평을 달리는
한 마리 사자,
소녀는 사랑을 꿈꾸었다.
잠 못 드는 밤엔
세계의 끝에서 숨쉬는
에프엠을 듣고
병든 지구에 내리는 빗물처럼
울 줄도 알았다.
러브 스토리를 읽으며
인생과 예술이 술잔 속에서
페시미즘에 젖는 것을 보았다.
한 마리 사자가 낮잠을 자는
아프리카 해안의 부서지는
푸른 파도,
소녀는 두려워하지 않았다.
다가오는 죽음을,
다만 하나의 희망이

어떻게 이 지상에 잠드는 것인가를
보고 싶었다.
어둠이 내리는 거리
사람들이 각기 등불을 켜들 때도
소녀는 꿈을 꾸고 있었다.
꿈속으로 꿈속으로
가라앉고 있었다.

밀회

휴일, 도시의 연인들은 외출중이다.
빈 광장엔
정치가들이 버린 꽃다발이 시들고
낡은 유행가처럼 교회의 종이
울리고 있다.

비는 내려도 도시의 여름은
죽어가고
코카콜라로 해갈한 수목들은
녹슨 달빛 아래 졸고 있다.

늙은 신부가
부활절 피정(被淨)을 위해 이 도시를 떠나가도
그저 아무것도 아닌 인생과
예술은
비에 젖어 주차장에 버려져 있다.

우리가 원한 것은
꿈이 아니라 병(病)이다.
맥주 거품 위에 부서지는 시간과

좌절이다.

누군가 나를 절망시켜다오.
나의 유일한 욕망은 절망이다.
휴일, 텅 빈 도시에 정신(精神)들은
밀회를 위해 떠나고
남은 것은 다만
정치가들이 버린 꽃다발과 엽서와
한 구절의 유행가뿐이다.

목마른 꿈

농부는 능금나무 아래서
꿈을 꾸고 있었다.
녹슨 태양은 마른 비듬처럼
햇빛을
떨어뜨리고
목마른 바람이 불고 있었다.
농부는 능금나무 아래서
젊은 날,
여인의 싱싱한 볼을 꿈꾸고,
청춘처럼 헝클어진 머리를 쓸어넘겼다.
아직도 한잔의 소주를 즐기면서
소월의 시를 읽고
먼 도시에서 들려오는
팝 뮤직도 들었다.
결코 시들지 않는 그 꿈의 나무 아래서
조용히 찾아오는 일몰을
허락하였다.
퇴색한 녹음은 현실 위에
우울한 여름을 스케치하고
그늘진 기대 속에 피는 장미는

젊은 실업가의 식탁에 놓여 있다.
결코 싱싱하지 않을 것이다.
꺾인 장미도,
여름을 피해 떠나간 정부(情婦)의 머리칼도,
행복이나
그리고 죽음도
그저 아무것도 아닌 미래를 위해 농부는
능금나무 아래서
목마른 꿈을 꾸고 있다.

3인의 가족

신문을 읽는다.
회상의 창 너머
이지러진 구름이 하나 흘러가고,
흩어진 생각 위에 피는 장미는
시대의 그늘 속을 헤맸다.
단란한 세 사람의 가족을 위해
아내는 차를 끓이고,
한잔의 차(茶)를 마시며, 나는
생텍쥐페리의 어린 왕자와 함께
비 내리는 세계의 끝을
찾아 떠나간 어린것의
비극을 위하여
시를 읽듯
신문을 읽는다.
하나의 신뢰할 절망을 원하면서
진실도 허무도 아닌
빛과 어둠의 분별을 원하면서
어두운 이마를 벽에 대고
젊은 실업가가 낸 부도수표와
삼류가수의 정사(情事)를 읽는다.

밤이 와도 도시는 잠들지 않고
별빛은 일기장처럼 찢겨져
죽은 흙 위에 떨어진다.
무엇이 오든 떠나든
하나의 신뢰할 절망을 원하면서,

비에 씻기는 니힐리즘을 건너
개념이 주는 그 끝을 향해
멀리 떠났다.

만찬

그릇들은
저마다의 푼수를 지니고 있다.

정갈한 접시 위에 놓인 콩나물,
헤벌어진 놋대접에 담긴 무국,
오목한 종지, 날렵한 공기,

사람은 저마다의 그릇을
갖고 있다.
채워진 그릇과 빈 그릇을,
말씀의 그릇과 영혼의 그릇을,
사람은 저마다 가지고 있다.

진실로
가난한 자의 식탁에 놓여진
그릇이여,
고개 숙인 식솔들을 보아라
상머리 조용하게 타오르는
촛불 너머
대좌한 안식을,

창밖엔
인도차이나의 포성(砲聲),
월난민(越難民)들의 허기진 얼굴들이 보이는데,
식탁 모서리를 차지한
귀 빠진 나의 식기,
백사기, 찰찰 넘치는
어머니 은총을 기린다.

잃어버린 시간을 찾아서

티켓을 사들고
고향으로 가는 열차를 기다렸다.
출구엔 역부가 하나,
잃어버린 시간을 체크하고
답사를 떠나는 늙은 고고학 교수와 학생들과
상인이 서성거렸다.
창밖 고층빌딩엔
정치가들이 기른 비둘기가 날고
개가 한 마리
주유소 뒤뜰에 매여 있다.
차창에 기대어
비에 젖은 이 시대를 바라보면서
술잔에 잠긴 도시의 황혼과
쓰디쓴 감정을 들이마셨다.
비는 내려도 도시의 수목은
시들어가고
낡은 화물열차에 실려 떠난 여름은
한번 가서 와주지 않는다.
모든 것은 떠나기 위하여
고립을 두려워한다.

한때 가슴 떨리게 했던
말씀이나 눈빛도
행복처럼 쓸쓸하게 떠날 것이다.
구겨진 지폐를 쥐고
고향으로 가는 열차를 기다려도
백합의 뜰에 잠든 시간은
오지 않는다.

빗속을 걸으며

담배를 핀다.
적막한 일신(一身)의 저 끝에서
타면서 꺼지면서 연소한다.

창밖엔 비가 내리고
항우울제를 사든 소녀가
빗속을 걸어간다.

콜라병을 든 직공이 핸들을 쥐고 있는
영화광고 위에
비가 내린다.
축축이 젖으면서 그는 담배를 핀다.

흐린 자막 위에도 비가 내린다.
'현실' 이란 글자는 지워져 있다.
그는 행복이라는 것을 믿고, 또
모든 것을 믿었다.

시간은 함부로 태엽에서 풀려나와
고향의 봄에 피는 꽃잎을 떨어뜨리고,

앓아누운 아내 이마의 땀방울을 떨어뜨리고,
지켜보는 어린것의 글썽이는 눈물을
떨어뜨렸다.

비련의 주인공은 빗속에서 떠났다.
호올로 담배를 피우며
돌아오지 않는 미래를 향해
떠났다.

불면

잠이 오지 않는 밤,
수면제 한 알, 혹은 보르도 산 코냑에 취해
마른 육체를 불사른 청춘은 가서 오지 않는다.

수심에 가득 찬 표범처럼
암흑을 건너온 사랑의 이야기는 끝내
돌이키지 못한다.
안녕을 알리는 전화가 울고 회선(回線)에 목이 감긴
소녀가 울었다.

마른 입술을 태우는 담배처럼
마른 육체를 불사른 청춘은 오지 않는다.
욕망이 죽고, 진리가 죽고, 전설로 떠난 목마는
시든 꽃과 슬퍼하는 공주를 남긴 채
한(恨)처럼 흐르는 강을 건넜다.

목마에 끌려가는 시간의 사슬 소리,
계절이 말라붙은 창을 글썽이는 별들이
들여다보고
가장 아픈 말 한마디를 차마 쓰지 못한 시인은

끌려가는 목마의 울음소리만 들을 뿐이다.

대답하지 않으리라.
암흑을 건너 암흑에 도달한 운석처럼
깊이깊이 묻히리라.
잠이 오지 않는 밤,
수면제 한 알, 혹은 보르도 산 코냑에 취해
마른 육체를 버린 청춘은 한번 가서
오지 않는다.

겨울 일기

틀에 끼인
한 장의 사진 속에 평안이 있다.

아내의 싱싱한 머리카락 사이에
여름 햇빛들이 수런대고,
철없는 어린것이 물장난을 하고,

액자 옆에는 시들어버린 꽃, 또는
고개를 숙인 인형,
고개를 숙이고 바라보는 해안엔
어부가 호올로 그물을 깁는다.

찢어진 생활의 한 컷을 넘기면서
1971년 1월 4일,
날씨, 흐리다.
온종일 라디오를 들으며
편지를 쓰고 찢었다.

얼어붙은 시간의 저쪽에서
철없는 어린것이 물장난을 치고

생애의 슬픔을 건너온 바닷바람이
흰 거품을 밀어올린다.

틀에 끼인 한 장의 사진,
그 속의 평화,
그 속에 잠든 아내의 얼굴,
흰 파도에 부서지는
여름이 보였다.

감기

술집에서도, 학교에서도,
달리는 차 속에서도
우리들은 추구하고 노력하였다.

가령,
열녀춘향수절가(烈女春香守節歌)를 읽으면서 너의 눈빛이
구십구천의 무명(無明)을 나는 한떨기
백합을 보았다 해도 다만,
봄밤을 적시는 눈물뿐이다.

눈물, 이 명석한 우수의 이마를 짚으며
촉촉이 젖은 열을 닦는다.
밤새워 뜰엔 비가 내리고
젖은 햇빛 위에서 석회질의 꽃들이 웃고 있다.

빈손으로 만져지는 생각을 제어하면서
직조공장의 여공들이
아침을 굴린다.
나사못이 빠진 직조기, 신(神)의 언질은

관절마다 삐걱거렸다.

한줌의 불을 위하여
화학섬유의 이불을 끌어당기면
여윈 팔엔 모르핀이 꽂히고

흰 가운을 걸친 나의 시는
병실의 복도에서 서성거렸다.

차표

대전에서 서울을
우등열차 보통석에
앉아서 간다.

앉았던 사람을 일으키고
대신 앉는
이 당당함,
나는 그 차표를
이천사백칠십원에 샀다.

누구나 인생은 표를 산다.
서울을 가든 부산을 가든
누구나 인생은 자리를 산다.

그의 체온이 남았던 자리에
나의 체온을 덥히며
일천구백팔십일년의 눈보라 속을 달리는
운명의 그림자.

그의 의자가 간다.

결코 그 누구도
영원한 주인이 될 수 없는,
결코 그 어디도
영원한 목적이 될 수 없는
대전에서 서울을
우등열차 보통석에
앉아서 간다.

열병

약을 먹었다. 아스피린 한 알,
뜨거운 열을 수건에 적시며
볼그레 상기한 죄를 닦아냈다.

주머니엔 아내에게서 온 편지,
가녀린 아내의 사진이 한 장
아내는 늘 적막한 얼굴이었다.

속죄의 하얀 이마를 들고
창을 열면
실없는 봄비는 뜰을 적시고
내 얼굴에 소리없이 흘러내렸다.

우수의 밤에
믿음처럼 지쳐 돌아온 새 한 마리
고달픈 영혼의 빗장에 부딪쳐
찢어진 날개.

아스피린을 먹어도
뜨겁게 달아오른 체열은

식지 않고
아내의 적막한 얼굴에 피는 철쭉만
하염없이 지고 있었다.

■ 해설

소마의 그릇

허 혜 정(시인, 문학평론가)

1. 심리적 굴광성과 향일성

여러 문화구역의 신화에서, 모든 창조는 우주알 혹은 '신비한 물병(Mysterium Magnum)'에서 비롯된 것으로 상징된다. 모든 창조의 조어라고도 할 수 있는 이 그릇의 이미지는 세계의 형상이 빚어지기 전의 혼돈, 양성합체의 창조적 무의식을 나타낸다. 육체는 신의 상상력을 담아낸 첫 그릇이었다. 자연은 여성의 육체를 창조와 탄생의 공간으로 만들었다. 시인은 언제나 스스로의 육체를 여성적 그릇으로 만든다. 시는 남성에게 여성적 가슴과 자궁을 주는 것이다. 그렇지 않은가? 창조를 시작하는 시인의 민감한 기관은, 자궁의 수축(신경증)과 확장(창조)을 경련처럼 되풀이한다. 그것은 창조적 순환의 일부이다. 나는 오세영 시의 가장 빛나는 부분이, 바로 이 '그릇'의 이미지를 중심으로 이루어져 있다고 생각한다. 「모순의 흙」(82)에서 집중적으로 다루어진 바 있는 '그릇'의 은유는, "한 줄의 시를 쓰기 위하여/ 채워도 채워도/남겨진 공간"(「빈 공간」)과도 같은 창조의 공간을 알레고리화하고 있다. 그의 그릇 연작을 관통하고 있는 소멸과 완성, 구축과 와해의 모순적인 관계는 오세영 시의 가장 근원적인 상상력의 중심이다.

본질과 현상이 같이할 때 가장 본원적인 삶의 진실이 포착될 수 있듯이, 시라는 그릇 또한 형식을 구축하는 이성적 요소와 내용을 만드는 열정이 같이할 때 가장 아름다운 것으로 남을 수 있다. 이성과 열정은 서로 다른 의식의 완전성이 아닐까? 오세영의 시는 인식, 관념과 같은 머리의 논리가 가슴의 열정과 부딪칠 때 방전한다. 『반란하는 빛』(70)과 『가장 어두운 날 저녁에』(82)의 합본이라고도 할 수 있는 이 시집에서 도드라져 보이는 것은, 물, 흙, 공기와 같은 흐름과 변전의 원소들을 따라 극단적으로 확장되는 불의 이미지이다. 나의 견해로, 그의 초기 시를 관통하는 상상력의 핵심을 이해하기 위해서, 이 불빛을 좇아가는 심리적 굴광성에 대한 세밀한 분석이 필요하다고 본다. '불'이 은유하는 매혹의 힘은 예술적 전복의 에너지며, 말이 실패하는 곳에서 일어나는 이미지의 스파크이다. 이러한 의미에서 불은 시인의 가장 깊은 무의식 속으로 들어가는 심리적 통로라고도 할 수 있다. 나는 그의 시에서 빛 혹은 열에 대한 패스티시한 갈망을 본다. 그것은 심리적 아우라를 지닌 꿈의 영역에서 부유하는 신비한 이미지를 생산하는 매개가 된다. 때로, 불과 관련되어 떠오르는 악마적 이미저리들은, 관념, 자아, 질서, 구조에 반역하는 시인의 심리적인 제의를 이룬다.

리그 베다는 일찍이 모든 창조의 근원을 소마(Soma)라는 말로 정의했다. 소마는 창조의 정액이자 자궁 속의 피이다. 그것은 정신과 물질이 융합된 우주의 순수한 에너지며 생성의 힘이다. 오세영의 초기 시는 이 불과 물이 뒤섞인 창조의 그릇을 만드는 자의 치열한 언어적 자의식을 선명하게 보여준다. 불은 기본적으로 심장의 영역에 있다. 상상력이라는 영감의 불은 뮤즈의 혈통을 따라 흐르는 붉은 장미다. 이러한 의미에서 "바람에 흔들리는 한줌의 불"(「불 4」)은, 흙처럼, 재처럼, 운명의 어둠을 끌어당기며 무의식의 대양으로 접근한다. 그 불꽃은 논리적이고 지적인 근대적 자아, 차갑고 무감각한 기계문명 속에 죽지 않고 흐르는 열정의 표현이며, 생명의 리듬 같은 것이다. 시 속에서 그것은 "타버린 정신의 재/죽음, 혹은 창조의 불빛"이며 "물질이 흘린/피"(「불 1」)로 암시된다. 하지만 언제나 "정유공장 뒤뜰에서 가을은/타오르는 인간의 불을 끈다".(「불 4」) 인간을 생명적 존재로 가능케 하는 불을 찾아가는 심리적 굴광성은 오세영의 초기 시의 지향점을 요약

한다.

언제나 예술을 탐미하는 자는 죽음의 연소와도 같은 가슴의 불꽃에 탐닉한다. 꽃다발 같은 손가락에 공기와 흙을 말아넣고, 끝내는 자신을 살라먹는 심장의 정열은, 끝내는 예술가를 배반하는 불길한 고통의 징표이다. 이러한 의미에서 불은 피의 점액성과도 같은 악몽의 순간이며, 피 흐르는 거울 속의 입술이다. 이 꽃의 붉음, 혹은 출혈의 환각이 나타나는 다음과 같은 시를 읽어보자.

1) 내가 맨발을 엷은 꿈에 딛고
안개와 불빛 속에 옷을 벗고 있을 때
말하라, 사랑이 은유를 타고 왔던가.

지금 내가 던진 투망, 회의에 번득이는
피를 쏟으며
거울 위에 꺾인 꽃과 파도.

여름은 대낮보다 밝은 강을 건너서
뜨겁게 어둠을 열고 있다.

—「포구의 닻줄」 중에서

2) 불면의 저 새파랗게 죽어가는 힘.
열린 시각의 두 문을 지나 피를 쏟는
사건을 바라보면서, 너는 그러나

가장 올바르게 죄를 훔친다.

—「도둑」 중에서

3) 은화(銀貨)처럼 생각들이 굴러간다.
바람이 거울을 일그러뜨리고,
적막한 얼굴들이 뛰어나온다.
낯선 단어들이 소스라친다.

문을 닫으면 거기 현재는 없다.
싸늘하게 식은 안경, 저 노여운 대면(對面).
시선들은 떨어져 뒹굴고
관련(關聯)의 한가닥 전류가 꽂힌다.

꽂힌다 정(情)의 떨리는 초침.
꽂힌다. 심상(心像)을 나는 빛,
어두운 바람들은 사그라지고
불빛은 조용히 침범한다.

길은 섬세하게 흔들리고 사물들은
헝클어지고 인식의,
차가운 가리킴, 너다.
적막한 얼굴 위에 흐르는 피.

—「산책」 중에서

시 1)에서 보면, 화자가 던진 언어의 '투망' 속에 걸려 오는 것은 "회의에 번득이는/피를 쏟으며/거울 위에 꺾인 꽃과 파도"이다. 그리고 빛이 여는 것은 "뜨겁게" 열려지는 "어둠" 같은 것이다. 시 2)에서 그 어둠은 "불면의 저 새파랗게 죽어가는 힘"과도 같은 의식의 일몰과 연관된다. "열린 시각의 두 문을 지나 피를 쏟는/사건"이란, "죄를 훔친다"는 구절에서 암시되듯 무의식의 상처와 연관되어 있다.(프로이트에 의하면 욕망은 범죄적인 영역에 있다.) 시 3)에서 보면 "싸늘하게 식은 안경, 저 노여운 대면(對面)"으로 대변되는 명징한 인식의 공간은, 어둠 속에 회절하는 시선 속에 사라져버린다. "문을 닫으면 현재는 없다" "시선들은 떨어져 뒹굴고/관련(關聯)의 한가닥 전류가 꽂힌다". 근대문명의 토대가 된 눈(인식)에의 신념은 모든 지적인 형식을 구축하는 기본적 법칙이었다. 사물을 꿰뚫고 관통하고 지배하는 남근적 시선은 점점 더 뾰족해진 이성의 패티시즘을 구성한다. "인식의,/차거운 가리킴,"이 만드는 것은 얼어붙은 사물과 객체와 관념들이다. 그러나 반쯤 감겨진 눈, 잠자는 자의 눈은 사물 이상의 것을 본다. 윤곽이 흐려지고 겹쳐지는 세계는 신비를 확장한다. 세계를 비결정적인 형식으로 바라보는 눈은 원형의 세계로 돌아간다. 시선은 고정된 사물의 의미들을 부수면서, 끝없이 무의식 속으로 구부러져 들어간다. "사물들은/헝클어지고" 있다. 놀랍게도 거기서 다가오는 것은 "정(情)의 떨리는 초침"이며, "심상(心像)을 나는 빛"이다. "흐르는 피"로 더럽혀진 얼굴은, 얼어붙은 자아에 가리워지고 희생된 또 다른 자아이다. 심리적인 관점에서 보면, 불은 모든 에로틱한 모든 사건의 심장이다. 피를 흘리는 것은 무의식적인 상처다. 이 출혈에의 환상은 시인의 환각과 우울증, 그의 성인기를 관통하는 상처를 드러내 보인다. 피를 머금은 자궁 안에서의 항해와 같이, 탄생의 원초적 고통의 징표인 불은, 피 흘리는 자아의 양성적인 감수성을 우회적으로 드러낸다. 불은 언제나 세계, 자아, 의식의 각질을 부수면서 시인으로 하여금 무의식의 원형적 세계로 접근하게 하는 매개가 된다. 신기루처럼 퍼져가고 사라지는 빛과 열은 자신을 양성적 존재로 변화시킴으로써, 창조의 우주로 다가가는 글쓰기의 심리적 도정을 은유한다. 간혹 그의 시에서 엿보이는 거친 기후, 신비롭고 빛나는 공기의 흐름들은 그의 여성적 무의식의 공간을 은유하고 있는 표상들이다. 질서의 바깥에서 에너지를 폭발시키는 불, 흐르는 바다, 변화하는 자연은 시인의 내면적 삶의 리듬을 거대한 운명의 리듬으로 확장시킨다. 그 불의 힘이 극단적으로 강화될 때, 오세영의 시에는 여름, 파도, 태양과 같은 광휘의 세계가 드러난다. 반대로 그 힘이 약화될 때, 알콜, 불면과도 같은 어두운 발열이 있다. 두 경우를 보자.

> 나는 들것에 실려
> 회상의 먼 부둣가에 잠든다.

잠든 파도의 주름살 너머
여윈 시간들이 헐떡인다.
긴 항해의 짧은 일몰을,
바라보는 눈동자엔 눈물을,
축축이 젖어드는 체험의 지평선에서
이윽고 불붙는 파도여 달려오라.

—「음악회」 중에서

잊어버려, 잊어버려라고, 그가
속삭인다.
나는 누워서 눈을 감았다.

에테르로 풀리는 어둠을 붙들고
톱니, 저 관절에 낀 시간을 닦아낸다.
엔진에 타오르는 한잔의 불,

끝끝내 벨 것인가,
떨어져나간 팔과 다리, 내 심장에서
우는 벌레, 영혼의 살 한점,
결국 들춰낼 것인가,

나는 내려간다.
회랑의 층계를 돌아
스물아홉의 육(肉)의 밑바닥에

선박들이 침몰하고,

전주(全州)에서 본 여자가 메스를 들고
차갑게 웃고 있다.
염려 없다면서, 없다면서
빼앗는 내 눈의 불.

박제된 유년의 깊은 밑바닥에
알콜에 적신 내가 누워 있다.

—「불 2」 전문

"회상의 먼 부둣가에 잠든" 화자는 "잠든 파도의 주름살"을 본다. 파도의 주름이란 얼마나 문제적인 은유인가? 언제나 반듯한 자아의 표면을 일그러뜨리는 무의식은, 물로 가득한 자궁의 주름을 떠올리게 한다. 기억의 그늘에는 언제나 엄마가 있다. 거기에는 "여윈 시간들이 헐떡인다". 여성적 무의식을 환기시키는 이 기관적인 시간은 직선이 아니다. 그것은 끝없는 육체의 주기인 원형의 시간이다. 거기에서 화자는 "축축이 젖어드는 체험의 지평선에서"를 본다. "불붙는 파도" 같은 열정이 밀려오는 그 황홀한 세계는, 그가 "잊어버려, 잊어버려라고" 중얼거리는 저주받은 시간이 된다. 그럼에도 불구하고 화자는 "에테르로 풀리는 어둠" 속에, 물 같은 여성적 시간으로 잠겨들어간다. 그의 의식은 끝없이 무의식의 어두운 곳으로 하강한다.

"회랑의 층계를 돌아/스물아홉의 육(肉)의 밑바닥에/선박들이 침몰하"는 곳에, 그의 아니마가 서서히 드러난다. 그는 본다. "전주(全州)에서 본 여자가 메스를 들고/차갑게 웃고 있다". 그녀는, 놀랍게도 "내 눈의 불"을 빼앗는다. 인식의 암운 속에 보이는 것은 없다. 딱딱한 인식의 세계에 자궁처럼, 무덤처럼 스며드는 이 부드럽고 눈먼 여성적 내면성은 오세영 시의 가장 근원적인 감수성이다. 더욱 흥미로운 것은, 그 마취의 불길 속에 그의 존재가, '메스' 질을 당하는 피 흐르는 육체로 변화한다는 점이다. 여기서 우리는 오세영 시의 아주 중요한 비밀을 간파할 수 있다. 그 비밀이란, 무의식의 근원에 자리잡은 여성적 무의식이 자연과 소통한다는 점이다. 자연은 언제나 사디스틱한 외과의사처럼, 존재를 해체하고 죽음으로 돌려보낸다. 그러나 죽이는 힘은 흐름과 변전 속에 생명을 부여하는 힘이 된다. 하나의 자아, 말, 의미로 잘려나오기 전에, 존재는 흐르는 심리적 자연 속에 있다. 우리가 명징한 인식의 공간으로 이식되면서, 문화적으로, 조직적으로 제거되는 이 무의식의 흐름은 피라는 원초적 고통의 방식으로 유전되고 있는 것이다. 이것은 기본적으로 탐미적인 것이며 악마적인 이미저리다. 흐르는 것들은 피, 공포, 범죄의 불길함을 동시에 유발하기 때문이다. 화자가 "떨어져나간 팔과 다리, 내 심장에서/우는 벌레, 영혼의 살 한점"을 느끼는 것은 이러한 의미에서 당연한 것이라고도 할 수 있다.

오세영의 첫 시집에 수록된 '불'의 이미지는 두 가지 면에서 흥미로운 것이다. 첫째는 그것이 근대인의 내면적 출혈을 감각적인 이미저리로 드러내고 있다는 측면에서이고, 둘째는, 출혈의 체험 속에서 빛나게 돌출하는 인식의 극점을 의미한다는 측면에서다. 언제나 감각은 인식보다 더 크고 전체적인 것이다. 감각이 육체로부터 오는 것이라면 인식은 그의 일부인 머리에서 오는 것이기 때문이다. 우리의 의식은 명징한 논리와 체계들을 따라가다가 어느 사이 감각과 욕망에 교란되어버린다. 우리가 가장 쉽게 떠올릴 수 있는 플라톤의 동굴의 비유는, 끊임없이 인식에 작용하고 있는 그림자의 불길함을 포함하고 있는데, 바꿔 말하면 그것은 빛과 진리를 향한 존재의 향일성(지식, 관념, 존재)을 위협하는 심리적 그늘을 내포한다. 그것은 근대인의 가장 큰 의식의 딜레마이다. 인간의 의지와 이성과 윤리적 영역을 넘어서는 가슴의 논리는 근대인의 영적인 고뇌를 투사하는 가장 어두운 부분이다. 문학을 기본적으로 이성적인 영역 속에서 만들어진 것으로 바라본 근대의 시학은 시의 본질을 완전하게 설명하지 못한다. 언제나 예술의 신비는 이성주의자의 언어로 완전히 번역될 수 없다. 미적인 감수성은, 논리의 영역을 넘어서서, 이글거리는 불꽃과 흩날리는 재처럼, 꺼져버린 석탄을 불붙이는 잔혹한 열정과 연결된다. 그것은 사회, 자아, 의지, 이성을 뛰어넘는 생명의 리듬과, 우주 속으로 흘러들어가는 자기확장의 빛나는 순간을 구축한다.

그 강렬한 순간은, 순수의식의 백열과도 같은 '하얀색'의 이미지와 결부된다. 나는 여기서 오세영의 기이한 색채에 대한 패티시즘을 지적하고 넘어가고 싶다. 이 사소해 보이는 실마리가 아주 중요한 것과 연결되어 있음을 말하고 싶다. 김현은 '흰색'을 '한국인의 표상'으로 읽고 있으나, 심리적인 관점에서 좀더 깊이 생각해보면, 흰색이란 무구와 순결을 상징하는 영적 광휘, 성적 상극성이 융합된 특별한 주물이라고도 할 수 있다. "하이얀 원고지" "흰 물새"(「밤 10시」), 아내의 하얀 약사복, "속죄의 하얀 이마"(「열병」) "백합의 뜰에 잠든 시간"(「잃어버린 시간을 찾아서」) 등은, 모성, 자연, 영성을 광범위하게 내포하는 이미지를 이룬다. 이 흰빛의 출현은, 뮤즈의 출현과 강신으로 나타나는 성적 변전의 과정과 짝을 이룬다. 흰빛은 에너지, 흐름, 기화된 불꽃이다. 흰빛이 내포하는 영적 권력과 창조의 힘은 오세영의 시에서 물, 알콜, 피, 등의 이미저리를 따라가며 그의 무의식을 언어화/육체화한다.

2. 무의식의 초상들

정신적으로, 심리적으로, 육체적으로 흐르는 것들은 희미한 번짐을 가진다. 그것은 사랑의 형식이며 유동하는 욕망의 형식이다. 여기서 내가 읽어보고자 하는 것은, 고정되고 경계지어진 주체가 아니라, 보다 확장된 무의식의 영역에서 구성되는 주체의 초상이다. 다른 육체로 채워진 몸. 몸 속의 살, 영혼 속의 영혼은, 오세영의 시에서, 여인, 아내, 딸, 어머니, 소녀 등으로 변주되어 나타난다. 그들은 자아와 세계의 영역에서 함몰된 이미지들이다. 이러한 감춤과 은폐는 여성적 육체의 가장 본질적인 요소임과 동시에 양성적 감수성의 선명한 표징이다. 다시 불의 이미지를 통해 읽어보자.

1) 겨울에는 아궁이에 불을
지폈다. 얼어붙은 성(性)을 호호 불며
잠든 시간의 뿌리를 태웠다.

(……)

치유될 것인가, 이 아픔
저 독(毒)의 입맞춤, 외로운 사내는
밤새 골목길을 돌아다녔다.
눈이 내리고,

정신의 깊이까지 찔리는 바늘.
언 성(性)을 호호 불면서, 라이터를 켜들고
층계를 하나씩 뛰어내린다.
의사(醫師), 저 이성의 손톱.

—「불 6」 중에서

2) 얼어붙은 시간의 저쪽에서
철없는 어린것이 물장난을 치고

생애의 슬픔을 건너온 바닷바람이
흰 거품을 밀어올린다.

틀에 끼인 한 장의 사진,
그 속의 평화,
그 속에 잠든 아내의 얼굴,
흰 파도에 부서지는
여름이 보였다.

—「겨울 일기」 중에서

시 1)에서 독자는 '아궁이'라는 여성적 육체의 은유를 발견한다. 아궁이에 불이 지펴질 때, 화자는 "얼어붙은 성(性)을 호호 불며/잠든 시간의 뿌리를 태"운다. 거기서 화자는 "저 독(毒)의 입맞춤"과도 같은 황홀과 "정신의 깊이까지 찔리는 바늘"의 통증을 느낀다. 이러한 통증과 희열이 겹쳐진 상처는 그의 "언 성(性)"으로부터 온 것이다. 자아의 경계가 성의 금지로부터 발생하는 것이라면, 얼어붙은 자아가 녹아갈 때, 그곳에는 상처와 희열이 같이하는 불꽃이 점화된다. 불꽃의 운명은 언제나 어둠, 죽음과 접촉한다. 그는 "라이터를 켜들고/층계를 하나씩 뛰어내린다". "이성의 손톱"으로부터 벗어나는 원형적인 어둠 속으로 들어가는 것이다. 끝없이 자아의 의식에 고여오는 원형적 시간은 시 2)에서 물장난의 기억과 결부된다. 어린아이에게 있어 물의 경험이란 얼마나 놀라운 것인가? 아이는 자궁 같은 물에서 가장 가볍게 세계 속을 미끄러져 다닌다. 아무것에도 걸리지 않고, 그 무엇의 방해도 받지 않는다. 세계는 질서화, 각질화, 구조화되어 있지 않다. 아이의 세계는 열려진 대양이다. 엄마에게 스며드는 육체처럼, 아이는 물 속의 시간에 속해 있는 것이다. 떠오르는 것은 늘 반복되는 장면이다. 물, 유년, 아내 같은 무의식의 은유들이 그의 시에 끌려온다. 나는 본다. 여성적 바다, 확장하는 바다는, "흰 파도에 부서지는/여름"처럼, 성적 열광으로 가득 차 있다. "얼어붙은 시간의 저쪽"에는 "틀에 끼인 한 장의 사진"처럼 기억 속에 고여 있는 잠든 여자의 얼굴이 있다. 존재는 물 같은 여성적 그늘로 돌아간다. 아이 같은 시인은 어머니의 자궁 속에 들어가는 것이다. 어머니의 양분을 받아들이며, 어머니의 박동을 엿듣는 아이는 그릇이다. 모든 것을 담아내는 그릇이다. 자신의 꿈속으로 잠겨드는 아이에게 세계는 무한한 대양같이 펼쳐진다. 남성시인은 지평선과도 같은 내면공간을 가지는 자다.

하지만 그 내면성의 세계는 아릿한 향수처럼 몽상의 영토 속에 흐릿하게 포착될 뿐이다. 다다를 수 없는 거리는 향수를 불러일으킨다. 서정시는 언제나 노스탤지어의 문학이다. 김현의 지적대로, 때로 오세영의 시에서 드러나는 이그조티시즘은, 김기림의 영향을 받아서가 아니라, 서정시인의 본질적이고 근원적인 감수성의 표출인 것이다. 낯설고, 유연하게 다가오면서도 영원히 도망치는 것은, 시인으로 하여금 '부재에서 오는' '우수'의 감각을 불러일으킨다.[1] 그 부재, 우수, 심연을 갈망하는 얼굴은 문명적 존재일 수밖에 없는 현대인의 숨겨진 마스크다. 언제나 그의 원초적인 욕망을 보는 자는 저주받은 자의 그늘로 타락한다. 의식이란 언제나 흐름을 막는, 얼음, 얼어붙음, 형식, 선, 단절인 까닭이다. 이 시의 제목이 '겨울 일기'가 될 수밖에 없는 이유는 여기에 있다. 차가운 단절을 인식할 때 시인의 머리는 찢긴다. 두통, 신경증, 우울증은 인식의 닫힘, 실패한 자아의 심리를 반영한다. 약화된 의식 속에 나타나는 것은 자아의 유령이다.

1) 문을 밀치면 투명한
방으로 걸어오던 초상화.
고요의 좁은 출구를 지나서
꽃피듯 옷을 벗는다.

—「새벽」 중에서

2) 창백한 날들이 얼굴을 묻으며
머리칼을 쓰다듬던 거울 앞에서
검은 드레스를 끌고 가는
여인의 뒷모습, 창가에 속삭이는
저 고요의 뒷모습.

—「밤하늘」 중에서

---

1) 오세영, 「불확실한 우수」, 『문학사상』 1990년 5월호

3) 가을 황혼 황야에서 문득 마주치는 나의 그림자.
가을은 먼 항해에서 돌아온 선원의,
파이프 연기 속을 빠져나온다.
안개 낀 보도의 들창을 노크하고
여윈 등불 가에 퍼덕이는 영혼의 날개.
내가 가을 황혼 황야에 서서
낯선 내 그림자를 기다릴 때
먼 기억의 녹슨 수레는 온다.
내 눈에도 아득히 불은 꺼진다.

—「가을 4」 중에서

나는 위의 시들에서 발견되는 낯선 그림자와의 마주침이 매우 특별한 것임을 지적하고 넘어가고 싶다. 빛으로부터 상처 입은 눈동자는, 시라는 무의식의 거울을 통해 가장 깊은 곳에 숨겨진 자기를 발견하는 것이다. 시 1)에서 우리는, "꽃피듯 옷을 벗는" 여성적 아니마를 유의해볼 수 있다. 거울에 비친 여자는 남성의 눈(빛)과 여성의 힘(밤)의 합체에 의해 만들어진 자아의 유령이다. 시 2)에서 드러나는 "검은 드레스를 끌고 가는/여인의 뒷모습" 또한 그러한 독해를 가능케 한다. 흥미로운 것은 검은 옷을 입은 여성은 기본적으로 양성적 범주에 있다는 것이다. 시 3)에서도, "여윈 등불 가에 퍼덕이는 영혼의 날개"를 갈망하는 자는 "낯선 내 그림자를 기다"리는 '나'이지만, 그것이 프시케의 모티프가 변용된 심리적 마조히즘의 위치를 가진다는 점에서 양성적인 감수성을 드러낸다. 다시 말해 우리는 1), 2), 3)의 시에서 시적 화자가 무의식적으로 여성적 자아로 변화하고 있는 것을 살펴볼 수 있는 것이다. 하지만 여성적 무의식은 언제나 자아 뒤에 숨겨진 유령일 수밖에 없다. 정신적 공간은 여성의 영(靈)을 배제한다. 자아란, 언제나 이성, 의지, 그 경계와 윤곽에 의해 고착을 유지하기 때문이다. 하지만 그의 시에는 분명히 규정될 수 없는 모호한 성이 있다. 나는 그것을 양성적 공간으로 보고 싶다. 자아 속에 가리워진 아니마는 영원한 예술의 테마이다. 여성이 문학사 속에서 가장 중요한 은유가 되는 것은 이러한 이유에서가 아닐까? 오세영 시의 가장 빛나는 부분은, 시인 자신과 시적 화자 사이의 성적 긴장, 혹은 비평가로서의 지적 정체성과 시인으로서의 감성적 자아가 교섭할 때 이루어진다. 글을 쓰는 시인은 남성이지만, 그의 시 속에 드러나는 화자는 이상한 자기저하, 불능, 유약함을 드러내는 여성적 무의식을 지닌다.

아내가 약을 파는
밤 10시,
나는 시를 쓴다.
바닷가로 떠나는
밤열차의 기적 같은 슬픔이
하이얀 원고지를 적시고

구겨진 팡세, 아빠의 시집을 든 채
하린이는 쌔근쌔근 잠이 들었다.
흰 물새를 타고
너의 바다로 떠난 어린 딸아,
물새가 날지 않는 어느 날
너는 알게 되리라.
젊은 아빠의 번민을,
안개 낀 밤의 불면을,
밤 10시
안정제를 권유하는
아내의 피곤한 목소리를 들으며
시를 쓴다.
먼 파도 소리를 듣는다.

—「밤 10시」 전문

"아내가 약을 파는/밤 10시"에 화자는 "시를 쓴다". 생활을 책임지는 아내의 외향성인 역할은, 상대적으로, 화자의 남성성의 극단적인 약화와 유년으로의 회귀를 암묵적으로 내포한다. 다시 말해, 화자의 성은 남성이지만 행위와 캐릭터는 여성화되어 있다. 화자를 돌보는 아내(엄마)가 심리적으로 그의 엄마가 될 때, 엄마에게서 태어난 아이는 화자와 무의식적인 쌍둥이 남매의 관계에 놓이게 된다. 아이는 아버지의 시집을 안고 잠들어 있다. 그렇다. 그들은 서로의 영혼을 자유롭게 교류한다. 화자는 아이를 통해 그

자신의 모습을 반사시켜본다. 아이는 아버지의 모습을 보존하는 하나의 그릇일지 모른다. 화자의 번민을 물려받을 딸과의 이 영적 근친상간은, 제우스와 헤라, 아담과 이브, 아만과 아반의 근친상간으로까지 소급되는 원형의 신화를 반복하는 것이 아닐까? 근친상간은 모든 생물학적/영적 우주발생의 시작이다. 그것은 탄생과 죽음을 한 몸 속에서 반복하는 신비다. 이 영적 근친상간은 「꿈꾸는 병(病)」에서 '소녀'라는 내면적 아니마를 통해 다시 한번 암시된다.

아이는 잠든, 눈멀어버린 무의식의 공간에 놓여 있다. 현실 속에 번민하는 자아의 시선은, "흰 물새"를 응시하는 꿈꾸는 아이의 시선과 어느 사이에 겹쳐져간다. 이러한 이중시선은 오세영의 시에서 매우 흥미로운 부분이라 할 수 있다. 왜냐하면, 외향적인 자아와 내면적인 심연을 동시에 응시하는 이 두 겹의 시선은, 오세영의 많은 시를 관통하고 있는 불의 흐름을 따라 심리적인 양성적 공간 속에 용해되어가며, 그의 시공간을 언제나, '먼 곳'에 고정시키는 이유가 되기 때문이다. 오세영의 시 속에는 "회상의 먼 부둣가", 혹은 "체험의 지평선"(「음악회」)과 같은 모호한 유년의 공간이 자주 엿보인다. 그곳은 물, 햇살, 그리고 공기 같은 파도로 가득하다. 물, 바다, 대양, 자연으로 스며드는 이 영적 지향성은 그의 남성적 의식 속에 자리잡은 아이의 영, 아니마에서 비롯된 것이다. 늘 시 속에서 양성적 공간으로 이끌리는 자아의 초상은, 자신의 존재근거를 벗어나며 또다른 존재를 빚어내는 창조적 무의식의 본질을 드러낸다. 말에 대한 강렬한 패티시즘을 지닌 시인은, 늘 언어 속에서 가장 은밀한 근원적인 욕망과 접촉한다. 여성이 어린아이에게 있어 심장과 입술의 신(神)인 것처럼, 시는 시인에게 있어 가슴의 열정과 뜨거운 입술을 가진 절대의 것이다.

3. 열려진 그릇

오세영의 시에는 어둠과 빛이 신비한 하모니를 이루면서 자유로운 무의식의 흐름을 비쳐내는 '램프'가 있다. 심리적인 관점에서 보면, 램프의 빛이 비치는 곳은 침대, 침실의 확장이다. 램프가 만드는 모호한 아우라의 공간에서 의식의 벽은 한없이 얇아진다. "수면제 한 알, 혹은 보르도산 코냑에 취해"(「불면」) 있는 자의 불면처럼, "의식을 태"우는 램프(「불 3」)의 불빛은, 로렌스의 바바리아 용담꽃을 떠올리게 한다. 로렌스는 바바리아의 용담꽃을 보고 하데스로 안내하는 검은 횃불을 연상한다. 그러나 그 암흑의 세계는 죽음으로 끝나는 암흑의 세계가 아니라 빛의 불씨를 낳는 살아 있는 생명의 암흑이다. 세계 전체로 퍼져가는 중심, 확산하며 응축하는 불꽃은, 의식이 와해되며 열리는 내면성의 공간만이 아니라 자아 외적인 정황과도 조응하는 은유들을 이룬다. 다시 불의 이미지로 돌아가보자.

1) 불빛을 바라보면서 우리들은

달려나갔다.
전라도의 보리밭이 보이고, 황폐한 과거가
몇 개로 구획되었다.
먼 황인종의 마을에서 개가 짖고
칸델라의 불빛이 경험으로 풀려나가고
지나온 십구세기가 토막토막 잘려
자막(字幕)에 걸리고 있다.
렌즈를 열고 흰옷의 그가 나온다.
전라도 사투리로 판소리를 부르고,
돌아가신 어머니의 이름을 부르고, 끝끝내
심청이를 불렀다.
도무지 갈채를 모르는 사람들의 눈에서
불이 꺼지고, 헛간에 켜둔 램프가
의식을 태운다.
낡아가는 한 시대의 필름.
어리석은 사내에게 몸을 맡긴 계집은
밤새워 지나가는 트럭 소리를 듣고 졸린 눈의
수학(數學)을 보았다, 결국
벗을 것인가 이 흰옷, 정지된 자막에
걸린 채 나는 벌거숭이 몸을 하고
손에 박힌 못들을 하나씩 뽑았다.
흔들리는 전라도의 논둑길
그 불빛 속을 뛰었다.

—「불 3」 전문

2) 화약 냄새를 맡으며 새벽을
더듬는다. 발치엔 춘향뎐이 뒹굴고,
소리들이 뒹굴었다.

초사흘 달밤에 배가 한 척 밀려
온다, 성균관 뒤뜰을 도둑이 들고,
누구냐고 외치는 등뒤에서
싸늘한 칼이 번득였다.

그 칼. 판단의 힘, 어떻게
쓸 것인가, 횃불들이 소란하게 문을
두드린다.
끊어진 줄. 동양의 구슬들이
땅바닥에 쏟아진다.

쏟아진 하얀 피. 초사흘 달밤을
토해낸 기적(汽笛)이 흩어지고
희미한 포대의 불빛이 흩어지고,
화약 냄새를 맡으면서 나는
셔먼 호의 굴뚝을 향해 총을
겨눴다.

—「불 5」 전문

칸델라 불빛, 헛간에 켜둔 램프, 횃불, 포대의 불빛, 화약 등으로 다양하게 나타나는 불의 이미지들은 이제 단순히 시인의 내면적 성향을 드러내는 데 그치는 것이 아니라, 세계의 급박한 정황을 암시하는 보다 확장된 내포를 가지고 있다. 시 1)에서 연상되는 한민족의 가난한 현실("전라도의 보리밭" "황폐한 과거" "황인종의 마을" "돌아가신 어머니" "낡아가는 한 시대의 필름")은, "심청이" "흰옷" "손에 박힌 못들"에서 보이듯이, 희생과 부활로 이어지는 심리적 제의적 양식과 결부된다. 아마도 판소리는 고통스런 삶과 운명의 굴레로부터 벗어나려는 화자의 욕망을 대변하는 것은 아닐까? 시 2)에서 화자는 "화약 냄새"로 대변되는 참혹한 시대의 "발치엔/춘향던이 뒹굴고,/소리들이 뒹굴"고 있음을 본다. "동양의 구슬들이/땅바닥에 쏟아"지듯, "쏟아진 하얀 피"는 "셔먼 호" 사건으로 대변되는 서양문명과의 접촉에서 얻어진 역사적 상흔을 우회적으로 표현한다. 서구 제국의 약육강식적 침략 속에 "성균관"으로 대변되는 우리의 문화적 토양은 철저히 파괴되고, 반생명적인 기계문명으로 피폐하게 귀결되었다. 그러한 정황에서 "그 칼. 판단의 힘"으로 이 시대를 "어떻게/쓸 것인가" 묻는 것은, 시인의 가열한 역사/현실인식의 출발점이 되는 것이다. 여기서 "동양의 구슬"이 암시하는 물질과 영성이 결합된 이미지는, 정신과 육체, 이성과 감정, 본질과 현상 등으로 분열되어 있는 서구의 사유방식에 대한 폭넓은 비판적 전망을 내포하는 것이라 할 수 있다. 이러한 의미에서 우리가 놓칠 수 없는 것은 「고스톱」 「중계방송」 「자동차」 「극장에서」 「저녁 식탁」 등의 시 속에서 현대의 풍경은 파손된 관념의 잔해물이 널려 있는, 불길하고 황량한 곳으로 드러난다는 것이다. 가령, "광장을 더럽히는 이 정신이 버린 휴지들. / 성명서와 깡통과 흩어진 수사법들" "살이 찌고 분별없이 지껄이고, / 상업에 몰두하는 사나이들"(「시인들」), 혹은 "정치가들이 버린 꽃다발"(「밀회」)로 가득 찬 정경은, 메마른 사고의 힘이 지배하는 물질문명의 파탄, 무책임하고 무력한 비겁자로 전락해가는 현대인의 자화상을 비쳐낸다. 얼마나 놀랍도록 끔찍한 세계인가? 이성의 전권 아래 감정이 유린되고, 과학주의의 미명하에 생명이 파괴되는 이러한 문명에의 비판의식은 춘향뎐, 심청이, 흰옷 등으로 대변되는 동양적인 것에 대한 갈망으로 이어지고, 시인으로 하여금 존재의 비극성을 감싸안는 사랑과 생명으로 나아가게 하는 중요한 이유가 된다. 특히 사랑은 현대의 분열과 대립의 구조를 녹이고 융합시키는 근본적인 삶의 추동력이며, '무량한 헌신과 흐름'으로 나아가는 새로운 존재론적 탐구와 긴밀하게 연관된다.[2] 사랑은 존재를 가능케 하는 힘이며 생명을 움틔워주는 자연의 힘이다. 사랑 속에서 우리는 "식어버린 어휘들" "현상의 미끄런 빙판" "황폐한 의식"(「반란」), "난폭한 의미에

2) 오세영 시의 존재의식과 사랑에 대해서는 이승원, 「존재와 사랑」, 『시와 사상』 1995년 여름호 참조

시든 문체"(「바람이여」)를 넘어서는 생명의 말들을 꿈꾸게 된다. 사랑 속에서 우리는 모든 이기적인 관념들을 철회해야 한다. 여기서 우리는 사랑이 우회적으로 옹호하고 있는 것이, 동양적 세계로의 지향과 암시적 관련을 가진다는 점을 분명히 지적하고 넘어가야겠다. 사랑은 모든 존재의미의 토양임과 동시에 생명을 꿈꾸는 모든 말들의 정수이다. 이제 그는 "앙상한 생명체의/픽션"이 아니라, "등불 위에서 파열하는 꽃, 눈부신/한 악장"(「꽃」)과도 같은 말을 "새"라는 이미지를 통해 찾아낸 것은 아닐까?

문을 밀치면 거기 놓인 십자가에
문득 와서는 꽂히는 화살, 온 밤을 피가 흐르고
경험의 뜨락에 져버린 잎새들이
앙상한 그림자로 창가를 드리울 때,
한 마리 새가
문법의 가지를 차고 오른다.
난다. 파열하는 꽃잎 속을, 시간의
폭동 속을,
아아, 뜨거운 수소이온, 그 부력.

날카로운 바람을 몰고, 한 소절의 아침을 건너
햇살이 파도치는 바다에서
인력을 끊고 솟아오른 한 개의 램프.

드디어 타버린 육체의 아픔 위에
부리로 대낮을 깨면
내가 쏘아올린 화살은 어느 때
네 가슴에 와 꽂힌다. 아아,
빛을 털고 일어서는 한 마리의 새.

—「날개」 중에서

문법의 가지로부터 떠나는 새는, 메마른 논리와 관념의 세계로부터 벗어남으로써 "뜨거운 수소이온"과도 같은 시의 불꽃을 피워올리려는 시인의 존재론적 은유라고 할 수 있겠다. 동양의 미학에 의하면 언어, 의미, 관념은 진실을 완전히 드러내지 못한다. 언어는 절대로 메워질 수 없는 심연이며, "모음과 자음으로 짜올린 투망"(「포구의 닻줄」)처럼, 우주의 바다에 던져져 의미를 건져내는 그물과도 같은 것이다. 거기에는 필연적으로 구멍이 있다. 때문에 의미가 죽는 곳에 참 의미가 있다. 모든 것을 만들면서 모든 것을 거두어가는 자연의 흐름처럼, 자아 또한 자기라고 믿어졌던 고착되고 착종된 아집을 버릴 때, 가장 진실하고 본원적인 자기에게로 이를 수 있는 것이다. 기독교적 담론에서 인간의 완성이 신의 궤적을 밟는 것이라면, 도가나 불가적 문맥에서 자아의 완성은 아집을 제거하고 무위자연, 공(空)으로 돌아가는 것이다. 존재, 언어, 의미라는 것은 드러난 것 이상의 것이 아니다. 여신 마야의 베일과도 같은 꿈의 이미지를 벗겨내면 세계는 비어 있다. 진실은

마음의 거울에 언뜻 비치는 것이지만 그 실체는 무(無)요, 공(空)한 것이다. 하지만 비어 있는 것은 모든 것을 품고 있다. 열려진 꽃처럼 자신을 여는 자만이 그 일순간의 진실을 볼 수 있는 것이다. 시인의 말은 "파열하는 꽃잎"처럼 산화하며 깊은 곳으로 떨구어진다.

거기서 시인은 "한 개의 램프"를 본다. 램프는 사실과 몽상, 의식과 무의식, 자아와 우주가 끝없이 교섭하는 이미지의 스펙트럼을 만들어낸다. "드디어 타버린 육체의 아픔 위에", 그 빛의 말들은 "가슴에 와 꽂힌다". 이 자기완성과 자기근원이 같이하는 아름다운 공간은, 불의 열정과 물의 부드러움과 공기의 힘과 흙의 온기를 한꺼번에 간직한다. 물방울 같은 불꽃이 너울대는 램프의 공간은, 바로 가장 아름다운 "영혼의 그릇"(「만찬」)이 아닐까?

언제나 창조에 도취된 자는 영혼을 육체화한다. 오세영의 시에는 심장을 충혈시키는 알콜, 커다란 심장 모양의 꽃잎, 갈라진 살의 상처와도 같은 출혈, 넘치는 물과 소멸하는 재, 먼지와 흐름의 이미지가 한꺼번에 응결되어 있다. 어쩌면 그것들은 "관념과 사물의 틈 사이를/메우는 잉크"(「빈 공간」)가 만들어낸 그릇이 아닐까? 그렇지만 빚어진 그릇은 또다시 깨어진다. 시인의 영혼은 각질화된 모든 것을 부수는 열정의 망치며 꽃이기 때문이다. 하지만 소멸이란 언제나 새로운 탄생으로 열려지는 우주적 흩어짐이다. 보라. 사라지는 것 속에 더욱 완전한 충만이 있다. 그곳은 물과 불이 같이하는 창조의 소마가 흐르는 공간이기 때문이다.

반란하는 빛
초판인쇄 · 1997년 10월 20일
초판발행 · 1997년 10월 30일
지은이 · 오세영 / 펴낸이 · 강병선
펴낸곳 · (주)문학동네
주소 · 110-521 서울시 종로구 명륜동 1가 31-9
http://www.munhak.com
출판등록 · 1993년 10월 22일 제22-188호
전화번호 · 765-6510~2, 743-2036 / 팩스 · 743-2037

값 4,000원

ISBN 89-8281-080-3 02810